あなたと一緒に生きていたかった

九条真茶子
KUJO Machako

文芸社

はじめに

祖父母、両親、妹夫婦を次々と亡くしたわたし。人の寿命の終わるはかなさと、わたしをここまで導いてくれ、ずっと頼り切っていた、なくてはならない人たち、家族のありがたみを、ひとり残って身をもって知りました。

去っていった人たちに「ありがとう」の思いを届けるために、いろいろな思い出を書き留め、これまで何冊か本にさせていただきましたが、まだ書いておきたいことがあり、こうしてペンをとっています。

何年か経ったというのに、まだ悲しい気持ちは収まらず、ますます募るばかりです。いまだに、「もっともっと、あなたと一緒に生きていたかった……」と、悲しくて、悔しくて、残念でたまりません。

そんな思いと、これからも生きていくわたしの「心の叫び」をまとめました。愛する人たちに、贈ります。

もくじ

わたしの結婚

わたしが生まれた家、Y家では、いつも家族六人の「灯《ともしび》」が温かくわたしを迎えてくれていました。皆、笑顔でした。

わたしは長女でした。若い頃は、長女なのに、跡取りなのに、こんな田舎は嫌！　田んぼ仕事なんかやりたくない！　とずっと思っていて、家を出たい、都会へ行きたいと、いつも心の中で叫んでいました。もちろん、このことは誰にも言えません。

長女として生まれた宿命とはいえ、嫌でした。兄か弟がいたらこんなに苦しい思いをしなかっただろうにと、両親に対しても不満を持ってしまっていました。

それでも、わたしの人生は順風満帆でした。仕事もして、家を継ぐことに抵抗を持ちながらも、わたしは自由気ままな行いをしてきました。

恋愛もしてきました。本当のことを言ったら激怒するだろうから、嘘に嘘を重ねてごまかしていました。大変身勝手で、自分本位でした。

二十代半ば頃、両親は婿養子を探すため動き始めました。結婚相談所へ足を運び、わたしも連れていかれました。これだけは逆らわず、親のメンツを立てて素直に応じていました。しかしその間もずっと、最終的にこの人なら……という男性がいましたので、こっそりお付き合いは続行していました。

親から、「この人どうや、一回会ってみたら」と言われ、何度も見合いをしました。見合いのたびに両親は毎回「どうや」と聞いてきます。それで仕方なく二、三回見合い相手に会うと、親は良い方向にいっていると考えて、相手の家の近辺に行き、聞き合わせに行ったりしていました。

数軒ほど聞きこみして、総合的に判断して進めます。これは都会では聞き慣れないかも知れませんが、農村では自然なことでした。でもこれも昭和の時代までです。新しい時代になって、だんだんとなくなっていったと思います。もうそこまでしなくてもということでしょう。わたしが若い頃は、まだまだ昔からの風習が残っていました。とても古くさいですね。

大事な娘を嫁がせる、婿として養子に入ってもらうということは、家を守っていくために大事なことで、だからお見合いというものがあるのでしょうが、本人にとってはそうとうな決心が必要だと思います。

偽りでなく、本気でこの家の家族になってもらわねばなりません。だから相手のことは可能なかぎり知って判断します。相手に失礼がないようにしなくてはならないので、神経を使います。

なぜか昔風で堅苦しくて、そういうことが自分は嫌だと思っていました。自分は絶対、自分で好きな人を見つけて結婚したいと思っていました。

でも結局、本当に好きな人とは結婚できませんでした。目の前にいて、互いに惹かれ合っていたのに、ゴールインできませんでした。これも運命かな、と思いますが、今でもときどき、彼はどうしているだろう、元気かなと頭に浮かびます。

あの時、自分の思いだけで突っ走っていたら、愛されていただろうか、笑顔で生活できていただろうかと思ったりしています。

やっぱり結婚は、本当に相手のことを好きで、この人ならわたしを絶対守ってくれると感じるものがなければいけないと思います。

でも、わたしもずいぶん勝手してきた身です。両親は仕事と農作業をしながら、空いた時間にわたしのことで走り回っていました。その様子を見て、わたしの心は揺さぶられました。良心が芽生えてきました。これが親なんだな、子供のことを思えば、自然と足も軽くなって、動き回る元気が出てくるのでしょう。父はぶつぶつ言いながらも必死でした。

わたしの心は、自分の思いだけの行動はご法度だという気持ちに変わっていきました。父と母がいて今の自分がいる。ここは自分本位な考えをやめ、Y家のために、両親を安心させようと、本当の思いにふたをしました。

わたしはそういう運命なんだ、これで万事よし、両親を安心させて笑顔をとりもどすことです。

結局、事情があってY家を継がず他家へ嫁に行きました。祖父も両親も、これもご縁があってのことと、快く送り出してくれました。

それから、嫁ぎ先のI家の生活で笑顔に包まれた時もありました。夫婦の間に危機があったりもしました。苦痛な日々でしたが、母の助言と三人の子供たちの存在が、わたしを勇気づけてくれました。

去っていった人に思いを寄せて

我慢に我慢を重ね、何もかも受け止めて進むしかないと思いながら生きてきました。

しかし自分の周りで予期せぬことばかり起こり、幾度も涙を流してきました。祖父の死から数年後、母は脳梗塞、そして突然の義弟の死。その後、生死の境を幾度となくさまよっていた母も、ついに力尽きました。

そしてその半年後、父の死。悲しみの連鎖を受け止めることができませんでした。Y家は妹一人になってしまい、その妹も旅立ってしまいました。

妹は一人きりになって、最初はわたしにたびたび電話をしてきて弱音を吐いていました。Y家を一人で守るということは、何も知らないことばかりで、妹にとってはとても大変なことだったと思います。でも、「離れていても、あなたにとってはたった一人の姉、わたしがいるから、どんなことでも聞いて、呼んでよ、わたしを頼って」とわたしは妹に話しました。それが精一杯でした。

しかし今思うと、そう励ましていたつもりが、わたしの一方的な思いを伝えていただけで、本人にとっては大変な重圧となっていたことだったのでしょう。口では何とでも言うことはできます。最終的に「もう姉ちゃん大丈夫やから」という妹の言葉を、わたしは何も考えず、鵜呑みにしてしまいました。

今でもなお、ああ、あの時どうして妹の顔を見に行って、安心させてあげなかったのか、悔やんでも悔やみきれません。

Y家に一人残った妹の死から三年が経ちました。早いものです。できることなら時間を戻してほしい、皆と笑顔で会話がしたい。傍に寄り添いたい、温かみを感じたい。

すでにY家を出たわたしです。でもY家の血を引く一人として、わたしは重い責任を与えられました。いま思うことは、わたしの現在の行いは、Y家の皆に天から安心して見られているだろうかということです。

わたしは週一でY家に帰り、お墓の草取りとお花を供えています。

墓地は寂しく、暗いイメージがあって、近寄りがたい場所ではありますが、先祖代々、古くからの墓は存在感があり、古い石を新しく替え、ますます立派になっているものもあります。背筋がぴん、と引き締まった感じがします。

そこには故人を敬い、暗いイメージを払拭するように花が供えられています。先祖を大事に思うからこその華やかな色どりです。だから、わたしもY家の墓にはいつも、寂しくないように花を咲かせていたい、できるだけ枯れ果てないよう、明るく美しく装いをしてあげたいと思っています。雑草が生えっぱなしになるのも防いでいます。

花が枯れたままになっていたり、何もなかったりするのは、とても残念な思いになります。他の家のお墓ですので余計なことですが、大変悲しくなります。誰も世話する人がいないのだろうか、亡くなった人への愛着が感じられません。

大変粗末にされていて荒れ放題のところもあります。時が経つと故人への思いも薄れるのでしょうか。寂しく心痛みます。

わたしはずっとY家の皆を思っています。忘れることはできません。

幼い頃から大人になるまで一緒に生活してきたこと、毎日笑顔で暮らしたこと、行いが悪ければ、わたしのことを思ってちゃんと叱ってくれたこと、そんな様子が今もふと頭に浮かんできます。もうあの頃には戻れません。

壁にぶつかり迷うとき、遺影に話しかけ、本音をさらけ出すこともあります。また自分の判断を口に出して、決意をあらたにしています。もちろん何の反応もありませんが、わたしも父と母の血を引くものですから、傍で見守ってもらっていると思い、パワーをもらっています。

わたしもこの歳になって、やっと分かったことが多くあります。

親が、どこどこが痛いとか、もうこれ以上働くと体がついていかんとかの声は、よく耳にしていました。薬も服用していたようですが、当たり前のような気持ちで見ていました。農業は時期に合わせていろいろ作業があり、思いっきり体全身を使います。さぞかしひどい疲れもあったことでしょう。しかし親がそういう表情をしても、当時のわたしは何にも気づいてあげられませんでした。肩もみをしたり、腰や足をさすったり、何か手をさしのべることはしませんでした。今思うと、申し訳ない気持ちでいっぱいになります。

同じ屋根の下に住みながら、親とはどこか境界線を引いていたのかもしれません。わたしは女ですし、男のように力はありません。手伝ったとしても、かえって足手まといだったかもしれません。わたしが男だったらよかったのにと思うこともありました。もっともっと手伝って親孝行できたのにと心の奥で思っていました。

でもそれは逃げ、だったのでしょう。やりたくないという本音がありました。これが正直なところでした。ここまで育ててくれたのに申し訳ないばかりです。親はもうこの世にいません。気づくのが遅すぎました。生きている時にどんな小さなことでもしてあげていたら、笑顔にあふれ、寿命も長かったかもしれないと感じてしまいます。


実家には、かつての家族がいた場所がありました。

応接間は客間でしたが、いつのまにか祖父の部屋となり、時が移り変わって父と妹のお婿さんの一服の場所となりました。

二人は特に会話がはずむわけでもなく、テレビの音が聞こえるくらいでした。部屋を覗くと煙草の煙でくすぶっていました。今はがらんして、煙でむせることはありません。

あの頃が懐かしくて、せつなくて寂しさがこみ上げてしまいます。もう過去のことと思いながらも、まだまだひきずっている自分がいます。なんだかんだと言いながら、思い出に浸っています。

あの頃はよかった……。家族がいて笑顔があって、かしこまらず、心休まる、落ちついた、ほっとする場所でした。それが「実家」の醍醐味だと思います。しかし皆が元気で生きていたからこそのことでした。

年齢を重ねれば老いてくるのは当たり前です。Y家の人たちも、どこかしら体の異常が出て、薬が必要となり、病院通いの日々もありました。でも皆は悪い方に考えず、元気に生きて、農作業や仕事に毎日励んでいました。

わたしも大人になり、結婚という節目を迎えました。跡をとるのが本来でしたが事情でI家へ嫁いだのでした。

その後子供三人に恵まれましたが、実家に帰ると改めてY家の居心地の良さが分かりました。やっぱり家を出るんじゃなかった、結婚を急がず、フリーでいて、時と共にいろいろな懸案を解決すればよかったなどと思ってしまったほどでした。

それは家庭内の危機があったからです。この時、夫婦って何だろう、わたしは認められていないのではと嘆き、傷つきました。もうこれ以上ここでは生活できない、別れたい、出たい、もうこれ以上だめだと、壊れそうでした。しかし最愛の母の助言で、何とかくいとめることができました。

男と女が縁あって結婚して家庭を持ち、愛の結晶となる子供が生まれます。子供の周りでは、その両親と祖父母が笑っています。赤ちゃんを見てあやしています。笑顔の花が咲いています。

誕生はすばらしいことです。その子にとっては、その家で生きる権利をもらったことです。これからどんどん成長して大人になって、その家を支えてきた祖父から父へ、父から子へと受け継がれていきます。その流れで代々渡っていくのです。ずっと絶えることなく存続することが皆の願いです。

子はかすがいとも申します。だから、子供のことを考えると自分勝手な行動はできないことを痛感させられました。

今はもう、危機から助言して立ち直らせてくれた母も、Y家の大黒柱として祖父の意向を尊重してきた父も、病には勝てず、天に召されました。

身近な人の死は、悲しみと寂しさしかありません。もう会えない、会話できない、相談できない……、嗚呼、と天を仰ぎます。

なんで急いで逝ってしまったの。もっともっと生きて、やりたいこともいくつかあったでしょう。いつもと変わらぬ時間を過ごしていたはずなのに、何の前ぶれもなく、後を追うように、次々と突然に逝ってしまった現実を前にして、いまだに茫然と時を過ごしているわたしがいます。

祖母と母と

わたしがまだY家にいた中学生の時、祖母の死に直面しました。わたしは幼い頃、祖母に面倒を見てもらっていました。いつも傍にいてくれたから、わたしにとって祖母は母親のような感覚で、甘えられる人がいなくなって悲しく、寂しい思いでした。

薬嫌いな人でしたが、目立たないやさしい人でした。いつも笑顔で、後ろから見守ってくれる包容力のある人でした。一つ屋根の下にいた人が一人消えるのは耐えがたいものでした。昨日あんなに元気だったのに、笑って話していたのに、畑へ野菜を採りに行ったりしていたのに、ご飯も一緒に食べていたのに、何で急に死んじゃったんやろう。丈夫なばあちゃんやったのにと思いながら、人の命の尊さを肌で感じたものでした。

思えば、祖母は早過ぎた死でした。でもこの頃のわたしは命の尊さを重く受けとめていなかったかもしれません。元気だけど、もう歳だし、いつかはこうなるんじゃないかと心の中で思っていたかもしれません。大変冷たく、優しさのかけらもない孫でした。申し訳ない気持ちです。

今ここで言いたいです。ありがとう。もっともっと長生きしてほしかった。ばあちゃん、やっぱり早かったね。六十代後半だった。まだまだ元気に生活できる年齢だった。

その後、残った家族はそれぞれたくましく生きてきました。祖父は最愛の人がなくなっても全然寂しさも見せず、以前よりいっそう農業に力を注いでいました。

Y家が末長く続くよう、仏壇に毎日のお経は欠かせませんでした。先祖を尊び、大事に思う姿は強い意志にあふれていました。


それから時がどんどん経ちました。ずっとわたしがY家を継ぐように言われていましたが、家族会議の結果、わたしを嫁に出す方向になりました。不本意だったと思われますが、わたしのことを思い、嫁に出す方向に転換しました。わたしの本当の思い（好きな人がいること）を伝えられないまま時間が過ぎて、話が進んでいきました。

わたしも悪いんです。本気でないのにお見合いの相手に脈のあるような返答をしてしまい、本当は乗り気でないのにそうとは言えず、両親の様子を見ているとそっぽを向けませんでした。

なんだかんだと言っても、やはり両親を困らせたくなかったのでしょう。

その頃、父はやたら怒りっぽくなり、よく母に当たり散らしていました。皆に聞こえるように怒っていました。口だけで手を出すことはありませんでしたが、わたしは思い余って、とっさに父に「そこまで言わんでもいいじゃない」と言ったら、「黙っとれ、お前なんか何もやらないのに言えることとか」と説教されてしまいました。

もう何も言えなくなりました。しかし母は言いました。

「本当に怒っとるんやない、だんだん体が言うことをきかなくなった、老いてきたってことだろう。はがゆい気持ちを感じとるんや。わたしに当たり散らして、うっぷんをはらせてるんやから構わんでいい。

母ちゃんは慣れてるから、これで父さんの心が落ち着くならいいかなと思っている。夫婦やからね。父さん、少々気が短いし、自分の中に溜めておけん人やから口に出る。わたししかぶつける人がいないから、受け止めるのが妻の役目やと思う」

そして「あんたできるか」と母。

「え、いや自信ない。聞く耳はもつけど、言いたいこと言うかも」とわたし。

「独り身は自由に我が道を進める。けれど結婚して家庭を持ち、家族が増えるといろいろな苦難あり、喜びありで、大黒柱である父親の存在は大きい。奥さんと子供を養っていかねばならない大役を背負っている。だから少しでも軽くしてあげるため、何を言われても我慢して黙って聞いているもんだ」と母。

人生には良きことも悪きこともあります。その節目がいつ来るか、人それぞれで分かりません。でも、怒ったり悩んだりしても、身内にも他人にもやたらに当たり散らすべきではありませんね。その時はスカッとしても、後で必ず悔やみます。

まずは落ち着いて、自分の胸に手を当てて考えるべきです。自ずと正解が出てくるものです。しかし自分の胸に収めようと心の中で処理するのは、けっこう気力がいるものです。これができれば人として成長すると思います。

「あんたはできてるか」と、もう一度母。

「いやだめだ。できてない。だって結婚して夫婦となって、互いに助け合う生活をするのが家族なのに、わたしの存在は妻というものでなかった気がした。相談することなく、話すこともなかった。もう我慢できない、別れたい」

「感情だけで決めちゃいかん。あなたには三人の子供がいるのよ。今はあなたの試練の時です。我慢しよう。あの子たちが見てるから、大きくなったら助けてくれるから。ね、大丈夫」

と母は背中をさすってくれました。

目を閉じると、心地良い風がふわっと顔を撫でていきました。気持ちが軽くなりました。わたしは母の教えに従いました。子供たちと話をして笑い、仕事にも全力をつくしました。それが原動力となって一日一日を大事に生きようとしてきました。

祖母と母に、心からの感謝を送りたいと思います。

父の言葉

それから月日は経ち、Y家に少しずつ悲運が押しよせてくるようになりました。まさかそのような危機に陥るとは想像すらできませんでした。

きっかけは、元日を通常に過ごし、二日の朝、前日まで普段と変わらなかった母の異変です。

一番に起床していろいろなことをする母が、その日は起きてこなかったのです。まだ正月だからゆっくりしていればいいと、誰もが軽く思っていました。でも昼になっても起きないので様子を見に行くと、名前を呼んでも何も言わない、動かない状態で、至急救急車を呼びました。脳梗塞でした。

集中治療室へ入り、手術をする計画でしたが、最悪の危機を脱出し、手術せず退院しました。

しかし寝たきりなので介護が必要になり、自宅に戻るか、リハビリセンターに入れるか迫られました。

父は、つききりは無理なので、リハビリセンターに預けました。Y家は父と妹夫婦だけとなり、皆協力して農作業、家事、掃除、そして母の世話でリハビリセンターに通うことになりました。

結婚して家を出ていたわたしも、できるだけ休日には実家に出向きました。母はわたしにとって悩みを相談している唯一の人でした。なのにこんなことになって言葉を交わすことができなくなってしまいました。救いの言葉ももらえず、寂しい思いでした。

でも母のことを考えて、ここは弱気になるところではないと思いました。母はこれまで、いくつかの生死の境をすり抜けてきました。何も言わなくても、身動きできなくても強い生命力で打ち勝っていました。それを見てわたしも励みになり、強くなろうと日々言い聞かせていたのでした。

母の声が聞けない、会話ができない。でもここに居てくれている、生きていてくれる。それだけがわたしを大きくさせてくれました。母もわたしも生きるために頑張っていました。

しかしこれは、予期せぬことが起こる序章でした。次に、Y家を父から引き継いでもらう養子さんが病で入院、その五日後に亡くなったのです。とても信じられず、なんで、どうして、と何度も叫んでしまいました。

妹はもちろん、父の悲しみは計り知れなかったと思います。でも顔には出さず、じっと耐え、やるべきことをこなしていました。

あんなに祖父の世話や、わたしの子供たちを自分の子のように思い、やさしく遊んでくれたのに。養子さんは口数も少なく、不平不満も見せず、いつもにこにこしてとてもいい人でした。それなのに生きる権利を奪われてしまいました。残念でした。何にこの思いをぶつけていいのか分からず、ずっとわたしの心の中で、その思いと闘いました。

Y家にとって本当にいい人だったので悲しくてたまりません。もっともっと生きられたんじゃないのか、どこで歯車が食い違ったのか、命って何？　どうしてこんなにはかないものなの？　何よりも重いものなのに、母のように寝たきりになって何もできなくても、命はある、それだけでもよかった……。いろいろな思いがかけめぐり、悔しくて悔しくて泣きました。

それからY家は父と妹だけになりました。わたしが母の見舞いに行くために実家を訪れると、広い家の中に静けさだけが漂っていました。

父は母を見舞う日課に加えて畑や柿の世話を一人でやっていました。母のところへ行き、顔を見るのがほっとする時間だと思います。また妹は母の代わりを頑張ってやっていました。好きなカラオケで発散していたと思います。

母も病状が落ち着いた時期もありました。わたしや孫の顔を見ると笑うときもありました。でも、声を出そうとしても言葉にはなりません。元気な頃はそれが歯がゆいようで、横を向いてしまうときもありました。

ベッドで思うように動けず生活するのは辛さしかないでしょう。わたしは何の役にも立たないけれど、顔を見せることや、声かけすることや、スマホで撮った季節の花や木を、きれいだね、大きくなった、たくさんあるね、などと言いながら見せていました。

寝たきりになって四年の間、四回の誕生日を迎えて、その都度安堵しました。また来年もと願うばかりでした。孫の顔を見てにっこりして左手を差し出し、じっと見つめ、起き上がろうとしていました。手を出して自分の方に引っ張ろうとしました。この頃は穏やかな表情で過ごしていました。時が流れるにつれ、何を見せても反応が薄くなっていきました。もうこれ以上回復することなく悪化するのを見ているのは、本当に辛いものでした。

本当は、母にとって一番なのは、実家で世話できる環境にしてあげられることだったでしょう。本人もそう思っていたと思います。でも、もう本音は言える状態ではありませんでした。また母もいろいろ気づかって言わなかったと思います。

その後だんだんと母の容体が悪化していきました。流動食も戻すようになり、少量の点滴で補っていました。体も小さくなり、顔や手や足の肉づきがなくなり、骨と皮のようでした。もうわたしたちの姿も分からないのか、目で追いません。死期が迫っているのが伝わりました。

それからは仕事をしていても、家にいても、常にスマホを気にしていました。その頃わたしも、自分の思いが仕事場に伝わらず苦しい日々を過ごしていました。でも自分も頑張る姿を見せないいかん、とばかりに勢いをつけていました。

しかしついに、聞きたくなかった「母の死」を知らされました。覚悟はしていたと言っても、やはり悲しく、辛い思いでした。

もうわたしの味方がいなくなった……。寂しい思いが風になって体をよぎりました。

でも、わたしより父の方がはるかにショックは大きかったと思います。母の死以降は言葉も少なくなり、わたしが様子を見に実家に行っても「仕事があるやろ、早く帰れ」と帰りを促すばかりでした。用がなければ来なくていい、俺もK子（妹のこと）もちゃんとやってくから大丈夫と言いました。世話をかけたくないという思いと感じました。

でもお墓参りと称して、わたしは何度も出向きました。父は応接間で一人椅子に座り、頭を抱えるようにしていました。後から感じたのですが、それまでは衣類の整理をきちんとしていたのが、畳むこともなく突っぱり棒に干したままという状態でした。それをわたしは異変とは気づけませんでした。もうその頃父は身動きが自由にできなかったのです。信号を出していたのです。でも受け止めることができませんでした。恥じています。

父は男として弱さを示さず、最後まで主《あるじ》としての誇りを失いませんでした。たくましい強い姿でした。

だんだん好きなモーニングから遠ざかっていました。食べられなくなってきたようでした。それから急速に弱って、布団の上で数日過ごして、畳の上で眠るように亡くなりました。

まだまだ生きてほしかったです。Y家の行く末をずっと心配していた父。父が死んだら残った妹が継ぐことになりますが、しかし本来なら妹夫婦が一緒に継いでくれると信じていました。そしてその子供が次の後継者になることを考えていたでしょう。そうやってY家が受け継がれていくものと、わたしも信じていました。

でも今思うと、養子さんの死から歯車が狂いはじめました。縁あってY家に婿養子として入っていただいて本当に皆安心しました。これでY家の行く末は安泰だと確信していました。真面目でおとなしい人でした。いつも父の相棒になって田畑作業をしてくれました。

何より父は、表には出しませんでしたが、男の子供ができたようにうれしく、頼もしかったと思います。Y家を背負ってもらう大事な人でした。

それなのに、自分より先に逝ってしまったことで、父は糸がぷちっと切れてしまったような気持ちになって、それ以上に先行きを心配したに違いありません。

それから父は、わたしに二男をY家に欲しいと再三言ってきました。二男はまだその頃大学生でした。住まなくていいから籍だけでも入れてくれと頼むほどでした。

わたしは家系が絶えてしまうのは心もとないので、Y家のためにもいいと思っていましたが、わたしの一存では決められません。本人の気持ちが一番大事です。本人は大学生活、そして就職するという目標があります。まだそういうことは考えられないようでした。そしてわたしの家庭内のごたごたもあり、父にはちゃんと返事ができませんでした。

父は、いつしかそのことは話さなくなりました。それからは父もだんだん弱っていったように思われます。その時は気づかなかったけれど、言葉数が減ってきて、表情が硬くなって笑うことがなくなりました。

自分の体調の変化に大変なことになるかもしれないと感じていたのか、でも父は何も言わず、本心を語ろうとはしませんでした。やはり、もう先の短いことを感じ取っていたのかもしれません。

日課だった朝一のモーニングをしてからの農作業、そして三時のティータイム、夕方まで農作業の一日でした。でも亡くなる一週間前は、もう体が思うように動かず、布団の上でした。唯一水分だけ口に含んでいましたが、しだいに水を飲んでも吐いてしまい、受けつけなくなりました。

わたしは傍にいなかったので父の苦しみと痛みは知るよしもありません。しかし最期の瞬間、「K子……」と妹の名前を呼び、何かしゃべったのです。

でも妹には、はっきり聞きとれなかったようでした。悔しいです。ありったけの力をふりしぼったのに妹は聞き逃してしまったのか、特に何もしなかったのでした。それを聞い

たわたしは、

「父さん、何、どうしたのって、なんで口元に耳を近づけなかったの？　それぐらいしてあげなきゃ。父さんは何か言いたかったんだよ。冷たかったね。残念でたまらん」

と感じたままを言ってしまいました。妹を否定してしまったのでした。

その数時間後、父は帰らぬ人となりました。ああ、父さんまで逝ってしまいました。Y家の主がいなくなってしまいました。

どうなるの、妹一人になってしまった。負担が大きすぎるよ、神様はどうして父さんの体を悪くして死に追いやってしまったの！　Y家のことを常に思い、毎日、仏壇に手を合わせ、お経を読み、真っすぐな人だったのに……。

Y家を背負ってきた主として一生懸命だった人の命が取り上げられ、世の中はどんなに不公平なのだろうと思いました。

自分の中で、Y家が崩れ落ちるような感覚に陥ってしまいました。いやいやそんなことありえない。まだ妹がいます。本当に最後のとりでです。

妹は一人なのでとても心配だけど、これまでの恩返しと思って、覚悟を決めてやってくれるだろう。Y家に生まれたさだめ、代々受け継いできた歴史を消してはいけません。Y家を出た身でも、わたしもY家の娘です。わたしも精一杯協力しようと思っていましたが、早くも妹は重い責任を負いました。

わたしは妹が悩まないよう、困らないよう、一緒に寄り添っていかねばならないと思いました。

しかし、わたしはその頃、家庭のこと、仕事のことで落ち込み、現状から離れたくて県外に出てしまいました。そのため、毎日のように妹に会いに行けなくなりました。

初めの頃は妹の方からわたしを頼ってきました。口ぐせのように、「姉ちゃん、お金が大変だ」と言いました。空いた時間に様子を見に行きました。毎日電話をしてきました。それだけです。強くわたしに何かを求めませんでした。「無理したらあかん、わたしに何でも言って、助けるから」と言うと、軽く「うん」とうなずきました。

本当は、わたしももっと深く聞いて安心させてあげられたら、妹ももっともっと軽い気持ちでいられたと思いました。近くに住んでいたら毎日でも行くことができたのでしょうが、私の諸事情で、現住所から出て県をまたぎました。Y家の一大事の中、離れてしまいました。本当は深刻な状態であったのに、それを受け止めず、自分本位だったと思います。

どんなに自分に心のよりどころがなく追いつめられたといって、実家にただ一人残った妹から離れてしまいました。妹は不安で、誰かにすがりたい、本音を言えるのは身近なわたしだけだったはずです。しかしわたしは電話でいろいろ言うだけで、本人の立場に全然なっていなかったと思います。妹も、わたしはY家を出てI家という身になっていたので、助けてと言いたいけれど迷惑はかけられない、余計な負担をかけさせたくないと思っていたのでしょう。もうどうしようも自分の力ではできないと、半ば諦めてしまったのではないかと感じました。

父もまた同じ思いでこの世を去ってしまいました。「もう大丈夫だから。無理して来んでいい、用があったら電話するから」とわたしに言ったのでした。わたしはそれを鵜呑みにしてしまいました。思いやり、いたわりの心を失っていました。親であり妹であり、大事な人なのに、少しでも配慮していれば救える命があったのかもしれないと思っています。

元気な時は、人の命、死に対して鈍感になってしまうことがあります。でもこうして身近な人の死があると、人の命の尊さというものを痛感させられます。

言葉は交わせない動物だって同じです。小っちゃなアリも、大きなゾウも、大小関係なく地球上で生きているものはみんな大切な命を持っています。

わたしは人として生まれたことにも、女性として生まれたことにも、ありがとうと言いたい。でも父の言葉で「お前が男だったら」と言われた時はショックでした。なぜか記憶に残っています。農家なので力仕事も多く男手が必要な時も多いので、軽い気持ちで言ったのだとは思いますが。

心ではそんなのわたしのせいじゃないと非難しましたが、父の立場を考えると、いまなら分かる気がしました。言葉が出ちゃったんだなと父の思いを感じました。

今もいろいろ考えることはあります。迷いあり不安あり、前途多難なものを抱えているという立場で、投げ出すこともできません。だから投げ出しません。

これがわたしの現実です。受け止めています。

運命について

人は生まれたその時に、すでにこれからの運命が決まっていると聞いたことがあります。その人が死を迎える日までが決まっているというのです。それを聞いてぞっとしました。鳥肌が立ちました。信じられません。訳が分かりません。

神様が決めるのでしょうか。何を根拠に言えるのでしょうか。素直に頭に入ってきませんでした。半信半疑でした。

わたしの身内に起こった、死に直面していった一人一人を考えました。母に対しては、移りゆく時間のうちに変わり果てていく様子を見て、それでも幾度と危機を乗り越えてきた凄まじい生命力には、驚きとエネルギーを感じました。

ついにお迎えが来て、きっと本人は楽になり、安堵したと思います。残された者たちには悲しさと寂しさが倍増しましたが、あの細い体でここまで頑張ってくれたのですから、どうぞ安らかにと、拍手で送りたい思いにもなりました。少しでも自分に生きたいという思いが強くあれば、それが大きな味方になり、力をいただけるのだと実証してくれたと思います。

でもそれも限界があります。神様が、これまでよく頑張った、もうこれ以上は……と区切りをつけられたのだと、月日が経ってから、これが母の寿命だったのだ、運命だったのだと素直に受け止めることができました。


しかしまだ、義弟や父や妹の死については、わたしたち残った家族の寄り添いが足りなかったのではないかと、もう少し寄り添っていたら、違う運命が待っていたのではないかと今でも思ってしまいます。

三人とも助けを求めていたと思います。最後まで自身の苦しみ、思いを言いたくても言う素振りも見せず、己の固い意志を貫いてきたように感じます。全部一緒に墓場まで持って行きました。

そう思うがゆえに悲しくなるのです。その人の姿がもう見られない、声も聞けない、話すこともできない、思いを伝えられない……。がんばれと背中を押し、勇気づけてくれた手のぬくもりも感じることができなくなりました。

ひとりになってみて、祖父がいて祖母がいて、父がいて母がいて、妹夫婦がいて、それがわたしにどれだけの助けになっていたのか、ひしひしと感じています。

自分のことはなんでもできて、人に迷惑をかけず、いや迷惑をかけていたかもしれませんが、自分で一人前になったと思っていたところもありました。しかしそれは間違いでした。住む家、食する物、家庭、家族が当たり前のようにあって、でもだからこそ衣食住に困らず、米、そして季節に応じた旬の野菜、果物を食していました。

Y家の味付けは、やや濃くて甘めでした。味がしみこんでおいしかったです。田舎の味、というのでしょうか、その味に慣れているので、家庭を持ってからも濃いめの味付けで料理をしていました。夫は黙々と何も言わず食べていましたが、子供たちからは濃いねと言われました。

正しく分量を量ることもなく、目分量でした。料理好きの祖父母は、一升瓶の醤油をいつも豪快に入れていました。大きい鍋で作った料理は、よく味が染み込んで、こってりしておいしかったです。その味で育ったわたしです。

家の畑で採れた、形の揃っていない野菜を、濃いめの味の煮つけ、天ぷらにしていました。天ぷらは形もばらばらで、ボウルに山のように盛られていました。普通はそれぞれの小皿に自分が食べる分を取りますが、皿を並べると食卓に料理が並ばないので、ボウルや鉢から直接料理を取ります。たまに家族の誰かと息が合うのか、同じものを一緒に箸でつかむこともありました。和気あいあいで譲り合ったりしました。笑って過ぎた時間でしたが、今のコロナ禍ではできないことですね。

今になって思うのは、両親がいて、祖父母がいて、妹がいて、家族という温もりがどんなに大切だったかということ、それに尽きるのです。

実家にいた頃、自分一人だけだと寂しいのですが、学校や仕事から帰り、二人、三人と人が増え、みんなが集まれば、会話がなくても温もりを感じさせてくれました。それぞれ言葉に出せない悩みや苦労もあるだろうけど、それを口にせず、笑顔でいて、居心地のよさがありました。

わたしはずいぶん家族に甘えさせてもらいました。悩みを母に伝え、やさしく助け船を出してもらいました。父からは農作業と仕事の両立の大変さを身をもって教えてもらったような気がします。Y家の存続のため、どんなに養子さんに期待していたのでしょう。しかし我が子のように大切にしていたのに早すぎた死で、どんなに真っ暗な気持ちだったでしょう。母が元気だったらその気持ちを母にぶつけられたのでしょうが、母も病に伏していたので発散できず、本音を誰にも見せず、父はただ黙々と暮らしていました。

数年の間に一人ずつこの世を去っていきました。そのたび悲しさと寂しさの連鎖があり、もう誰もいない、静まり返ったY家に入るたび、なぜか頬にひやっとした風がすり抜けていきます。


もう誰もいなくなってからは、寂しさを通り越して、一人ではずっといられないせつなさと怖さを感じます。

ふいに思ったのですが、わたしに兄か弟がいたらよかったのに、ということです。頼れる存在で、親には言えないことを聞いてもらってアドバイスして欲しかったなあと思います。

全てのことは言えないかもしれませんが、年齢が近かったら、勉強や恋愛のことなど、親身に考えてくれるのではないかと思いました。

恋愛のことは、親にも誰にも言ったことはありませんでした。自分の心に収めていました。言葉にすることなどできない状況でした。

それでもわたしは、恵まれた環境に生まれて育って大人になり、家庭を持ちました。それからです、不幸の連鎖が続いたのは。これを心穏やかにして考えると、この悲しい寂しい思いは、わたしに今まで歩んできた人生を思い起こし、考えなさいと神様が言っているのかもしれません。

反省すること多し、です。両親は何も言いませんでした。叱る役は祖父でした。結婚についいて、私の優柔不断な態度に対して、ただ「お前が悪いことは間違いない。反感を持つことはいかん、素直になれ。謝ることはいくらでもできる。いいかげんにではなく、心から自分が悪かったことをしっかり受けとめて改めていかなあかん」などと言われました。

正しいことです、もっともです。肝に銘じながらも、本当のことを言えませんでした。かくし通すことしかできませんでした。好きな人と一緒になりたいのが本心でしたが、両親のことを思うとできませんでした。

結婚は本当にこの人と、と自分で決めたいと思い、一緒にいて自然体でいることができて、お互いが尊重しあって助け合えるパートナーとの結婚を描いていました。でもなかなか思いが叶うのは難しいです。

それも運命、ということなのでしょうか。

新しい命

結婚にもさまざまなケースがあります。昭和の時代は結婚相談所に登録して相方が了解してするお見合いからの結婚、また親類や会社の上司が世話しての見合いからの結婚。もちろん自分自身で見つける恋愛からの結婚もあります。現代は婚活サイト、合コンでの出会いが主流のようですね。

とにかく、結婚は新しい人生の始まり、一つの家庭ができることです。そこから愛が育まれ、新しい命、すなわち子供に恵まれます。妻は母としての喜び、夫は父となり、喜びもひとしおであり、家族の大黒柱になったという重い責任を持ちます。それは子供が増えるほど強く重く感じます。

子は宝といいます。女性として経験するたくさんのことがありますが、出産はまた特別だと思います。今まで味わえない気持ちが湧いてきます。喜びしかありません。

子供はいらない、夫婦の時間が持てればいいと納得し合える夫婦はそれでいいと思います。しかし望んでもなかなか子供ができないご夫婦もいます。子供が欲しいのに長年できなくて、藁をもつかむ思いで不妊治療を続けている夫婦は大変だと思います。

これは夫婦が一心同体でなければなりません。この一途な気持ちには涙が出ます。わたしは恵まれて幸福だったと思いました。夫婦もいろいろ、思う気持ちもさまざまです。

お腹の中の赤ちゃんは、どんな気持ちでいるのでしょうか。

その子はまだ何も知らぬ、真っ暗な中で、ここはどこ、恐いよ、という気持ちでいるのでしょうか。でも温かい、浮かんでる、何も見えない、とか思いながら、すやすやと眠っているのかもしれません。

そのうちどんどん大きくなって、人の体になっていきます。お腹の中で、お母さんはどんな人かな、やさしい人がいいな、などと思いながら、静かに狭い空間に留まっています。本当は早く出たい、お母さんに会いたい、見たい、という気持ちもあるのでしょうか。お母さんは赤ちゃんのそんな思いを受け止めてお腹をさすり、十ヶ月の間待ちます。その期間をあっという間に感じる人、長く感じる人もいるでしょう。

それなのに、やってはいけない自分勝手な事件があります。

母の手で自分の子供を殺生するという、その人の人格を疑うことが、時代が変わってもなくなりません。

これからやっと世に出る、産声を発することを母の手で切られたのですから、このようなニュースを聞く度、悲しくてせつなさでいっぱいになります。いくら母でも許されないことです。胸がしめつけられます。

最近になって、特に残酷さと怒りを感じた事件がありました。若い女性がキャビンアテンダントになりたくて、地方から東京へ数回訪れていたのですが、ある日、飛行機から下りて、空港の多目的トイレで出産してしまったというのです。

さぞかし慌てたのでしょう、それは分かります。けれどその後、女性は悪魔と変わりました。

生まれた赤ちゃんは、きっと産声を上げたでしょう。それなのに、女性は声を消し去るように口の中にティッシュを入れて窒息死させ、その後近くの公園に埋めたのです。

テレビで見て、これは本当のことなのかとわたしは耳を疑いました。あまりにも残酷すぎます。本当に人間のすることなのか、なぜこんな残酷なことができてしまうのか、思わず手で目を覆いました。

父である男性は、女性が妊娠していたことを知っていたのでしょうか。女性とはどういう付き合いだったのでしょうか。女性は将来の希望を持って生きていたはずなのに、どうしてセーブするなり、いろいろな手だてを考えなかったのでしょうか。

普通なら、お母さんも、お父さんになる人も、その周りの人たちも、お腹の大きい時から、どんな赤ちゃんが生まれるだろうと、不安あり期待ありで、うれしくて落ち着かないものです。でもこの女性にはなかったのでしょう。妊娠している喜び、実感がないまま時が経ってしまったのだと思います。

同居している家族は気がつかなかったのでしょうか。本人も周りに相談することはしなかったのでしょうか。

あるいは誰にも相談することができない状態だったのかもしれません。しかし、いろいろな事情を抱える人のための相談する場所はあったはずです。その手続きをしていたら、こんな悲惨なことは起こらなかったでしょう。

無残にも母の手で命を消されてしまった赤ちゃん。次は絶対にやさしい誰かのお腹に宿ってほしいと願うばかりです。あきらめないで、運がないなんて言わないで、希望を持って待っていて、あなたにとっての一番のママが現れるから大丈夫だよ……。

自分が赤ちゃんの頃のことを覚えているなんて人はそれほどいないと思いますが、誰もが親の手を借りて成長しているのは確かだと思います。

子どもの頃から裕福で何一つ不自由のない生活。塾やスポーツ、音楽教室に通わせてもらうなんてことをしている子供がいる一方で、経済的な余裕がなく、自分の希望を叶えることができない子供もいます。

しかし、そういう親の背中を見て子供は育ちます。愛情を持って子供に接し、何事も一生懸命な親の姿を見て、子供は「感謝」という心を身に付けます。塾でもピアノ教室でも教えてくれないその心は、親しか教えることのできないものだと思います。

元気なうちは気がつかなかったのですが、親が亡くなって、自分も子育てをしていくうちに、両親の存在は、言葉で言い尽くせないくらい感謝でいっぱいです。

ごく当たり前においしいお米や野菜を食べさせてもらいましたが、それは汗まみれになって田畑を耕してくれた父のおかげでした。健康な体で産んでくれた母にも、いまもう一度ありがとう、と言いたい気持ちでいっぱいです。

しかしなんらかの事情で両親が揃っていない家庭もあります。生活に余裕がなく、仕事をかけもちしてなんとか暮らしている家もあります。夫婦問題で離婚して一人親となるケース、突然の病死、不慮の事故でどちらか、最悪両親を一気に亡くしてしまうケースもあります。

生活する上で最大なものはお金です。裕福な家柄ならお金の不安はないのでしょうが、それでも先のことは分かりません。景気の変動で経済が悪化する場合もないとはいえません。

その家の主が突然亡くなったりすると、悲しさだけでなく、その後の生活が困難に陥るのも否定できません。

いつも通りに家を出て、笑顔で互いに見送り合ったのに、運転中に突然意識を失くしてしまったり、思いがけない事故の巻き添えに遭ってしまったりする。

また、いつもの道を走っていて、もうすぐ信号は黄色から赤になりそうなとき。交差点には自転車、歩行者、車、オートバイ等が停まっていて、信号が青になるのを待っている。自分の車ぐらいなら渡れるとしっかり確認せず、信号が赤になろうとするのにもかかわらず直進して、青になった瞬間に走り出したオートバイに接触……。自分本位になってしまったために起きた事故です。

交差点で、スマホに夢中になって信号が変わるのに気がつかない、落下物で思わぬ事故に遭う、またはそれをよけるためにハンドルを急いで回したため、電柱、あるいは歩行者などにぶつかってしまうなど、命は取り留めたものの、元の体に戻れなくなったり、一生歩けない体になってしまったりという試練が待ち受けている可能性があります。

危険は交通事故だけではありません。

金欲しさだけに、見ず知らずの家に押し入る強盗の標的にならないとも限りません。

また、これは実際にあったことですが、夜中、人が寝静まった頃のスーパーに、力ずくで窓を壊して侵入し、売上金を強盗。たまたま居合わせた店員を容赦なく殺傷する事件もありました。犯人が逮捕されれば被害者も少しは救われるのかもしれませんが、手がかりがあっても確信にたどりつかず、未だに犯人は捕まっていないようです。

せっかく愛情を持って育てられたとしても、このような事件に巻き込まれる可能性は皆等しくあると思います。身勝手で一方的な気持ちで人を殺《あや》めるなど言語道断ですが、防ぎようもないこともあります。

大事に大事に、愛情たっぷりに育てられた子供たちが、そういうことに巻き込まれないように祈ることしか、わたしたちにはできないことなのですね。

皆のこと、自分のこと

わたしが中学生の頃、祖母が亡くなり、それから四十年、祖父は一〇一歳まで生きて、老衰で亡くなりました。

祖父はY家の安定した生活を築き上げ、先祖への感謝を常に忘れず、家族をいつも導いてくれました。とてもショックで悲しい気持ちでしたが、わたしにはまだ家族がいて、皆の顔を見て話をしていると元気が出てきたものでした。

しかし、それから数年経って、母が脳梗塞になり入院、寝たきりになりました。そして義弟の突然死から、Y家には少しずつ荒波が押しよせてきました。

母の耐えぬいた人生に終止符が打たれ、その後、父のショックはそうとう大きかったのに悲しみを表に出すこともせず、大黒柱として、それまでと変わらぬ毎日を過ごし、農作業をしていました。

しかし、だんだん口数は少なくなり、ものも食べられず、外出もできなくなっていました。当時は、もう歳だからと片付けていました。親身になって受け止めていませんでした。

父の心配もせず、いたわることができませんでした。

そして、父はわたしが思うよりはるかに早く弱っていってしまい、この世を去りました。母の死から半年後でした。


それからＹ家には妹だけが残されました。一人ぼっちになってしまいました。わたしはちゃんとやっていけるだろうか心配でした。妹は毎日のように電話をかけてきました。わたしは頻繁に顔を見に行き、励ましていました。

次第に妹からの電話はなくなっていきました。わたしは彼女が自分で考えて、何事もできるようになったのだと思い込んでいました。それが大きな間違いでした。

妹は、一人寂しく、一人葛藤しながら、静かに眠りについてしまいました。孤独死であると確信しました。

父が亡くなった時も、あまりにも突然で、もっと言葉を交わせなかったことに対する残念な思いが拭えないうちに、わたしのたった一人の妹までが、突然旅立ってしまったのです。悲しさと後悔が二重にも三重にも重なり合いました。もう胸が押しつぶされそうでした。

わたしが悪いんだ、わたしがもっと顔を見せて妹を安心させてあげなければならなかったと、悔いるばかりでした。彼女の内面を読み取れず、外面だけ見ていた。妹も強がりを言って助けを求めようとはしませんでした。

妹は自由奔放で、両親やわたしや親戚がいろいろとアドバイスをしても、とりあえずはうなずきますが、素直に聞き入れるということをしない人でした。「あなたのためを思って」と言っても、快く受け入れてはくれませんでした。

当時、「何で言うことを聞かんのやろ、もうだめだわ、ほっとこう」などと母に言ってしまったこともありました。母は、「わたしの育て方が悪かった」と寂しそうに言いました。わたしは「そうじゃないよ」と励ますこともできませんでした。

妹が亡くなって三年もの月日が経ってしまいました。しかし今でも実家の玄関を開けると、「M子さんか」と言う声と、妹の元気な姿が出てくるのではと思ってしまいます。

今思うと、妹はただ、人からあれこれ言われるのを嫌っているだけだと思っていましたが、それは間違いだということに気がつきました。

それは、言われたことをしっかり聞きとって理解しても、自分から行動にすることが思うようにできなかったのではないか、と思うのです。

できることには「わかった、やってみる」と素直だったけれど、無理と感じると何も言わなくなっていました。この性格をもっとしっかり受け止めていたら、わたしは妹の隣りで聞き手になり、妹が何でも言えるように振る舞うべきでした。妹が先立ってしまい、今頃気がついても遅すぎました。

多分祖父は妹の気質を理解していた気がします。なぜというと、祖父は全然妹を叱ることなく、頼っていました。わたしがY家にいた頃は、祖父は母に頼っていましたが、母が入院してからは、祖父は妹に何もかも頼っていました。だから両親が妹にこうしてほしいという望みを言っても応じなかったりしましたが、祖父は一切妹に言い聞かせることなく、叱ることもありませんでした。まるで親子のようなやさしい関係でした。わたしなんて祖父からの手紙もなく、会話もないほどでしたから、ひがんでおりました。

やはりわたしはY家を出た身。妹は大事なY家を引き継ぐ身ですから、いろいろと波風を立てないよう、妹を大事にしていたんだなと感じています。祖父が父に宛てた文には、「K子は段々と世の中のことを知るようになると思いますから面倒を見てやって下さい」と書かれてありました。これを読んで、わたしの妹に対する思いと接し方を反省するばかりでした。

もっと前に、わたしに妹のことを気にとめてやってくれと言ってほしかったと思います。わたしもそういうことに気づけなかったのです。祖父がその文を書いているとき、連なるようにY家の人が一人一人去っていくとは考えもしなかったでしょう。Y家の行く末をどこまで想像していたのかはわかりませんが、父と妹に引き継ぎを託していたことでしょう。

しかし妹には子供がいませんでした。祖父は四六〇年の歴史あるY家の行く末を何よりも考えていたし、ずっと代々受け継がれていくのを望んでいたと思います。一〇一歳でこの世を去りましたが、今でもY家に入るとき、静寂さはあるものの、わたしの身にすっともやっとした風が入り込みます。きっと祖父は心配なんでしょう。

実家は現代の鉄筋の家屋のように頑丈ではない木造家屋なので、特に雨戸は板の端がめくれあがっています。でも室内の柱や欄間は、茶系から黒系に変貌していますが、深みがあります。ただただ古くなったということですが、古きものをけなすだけでなく、長年わたしたちを住まわせてもらったという感謝の気持ちを改めて持ちました。

当たり前に住んだ家に、当たり前に家族がいました。今でも忘れられない家族に、知らず知らずと助けをもらい、包まれていたのだと感じています。

生まれ変わっても再びY家で産声を上げたいと思っています。皆がいた頃、父は元気に仕事や農作業をして、日々時間を惜しむことなく動いていました。どんなに疲れて今日は休みたいと思っても、季節は移り変わり、待ってくれません。米作り、野菜作りに労を惜しみませんでした。家族に食べ物だけは困らせない、おいしいものを食べさせたいと、時折父に言われたことがありました。おいしいものは勝手に放っておいてできるものではありません。人の手によって達成されるものです。そのことを軽んじていたと、最近つくづく思います。


Y家の家族がこの世を去って、一人になってしまったわたし。皆にはまだ生きていてほしかったし、私の心のよりどころでした。悩んでいるときも、そんなわたしの顔を見て助け船をもらい、元気を取り戻していたのに、これまでの自分の生き方は、真に家族と向き合っていなかったとつくづく思います。

両親の思いを粗末にせずに従ってきました。でも成り行きまかせで合わせていたところがありました。結婚のこととか、本心を言いたくても言える状況ではありませんでした。

言えば両親を悲しませることになると思い、秘めました。

だからこの悲しみの連鎖は、Y家の人たちに真に寄り添っていなかったことについて、より反省と後悔をすることになってしまいました。

そして、結局わたしがY家の存続についての重大な課題を背負うことになりました。これまで、家族のありがたみを感じることなく、両親をあざむいて、わたしを思う気持ちを踏みにじって甘えてきたことに対して、大きな試練という形で表れたものだと思っています。

過去のわたしの生き方は、とても誉められるものではなかったと思います。祖父母、そして両親から言われたことは、嘘をつくな、人に迷惑をかけるな、物やお金を盗むな、という基本的なものでした。しかし、わたしは悪いことと知りながらごまかしていた部分もありました。

本当のことを言ったらいいよとは言わなかったでしょう、結婚したい彼がいて、お付き合いしていたのに黙っていて、両親の勧める見合いを数回して、彼と会う日が重ならないようにしていました。彼と離れたくない、結婚したいとまで考えていました。お見合いの相手は真剣なのに失礼なことでした。悪いと思いながらも嘘を演じていました。

だから、今までの行いに反省しなさいと天罰が下りたのだと思います。

本当は見合いなんて古くさいと考えていました。人にもよりますが、ぎこちなさを感じながら会って、会話がなく、退屈する時間を延々と過ごします。それよりもわたしは、言葉巧みに引っ張ってくれて、飽きのない話をして楽しませてくれる彼といたほうが、いつでも笑顔で、気も許すことができました。

でも、思い通りにならないのが世の中です。今思うと結ばれない運命だったのだと思います。それに、自分の思いだけで突っ走っていたら、今の三人の子供たちにめぐり逢えなかったでしょう。

もしかしたら、今よりももっと幸福になっていたかもしれません。それとも、悲惨な状態になっていたかも分かりません。でも、今思うことは、自分の思いを消して、皆に喜んでもらいたい、悲しませたくないという結論を出したことに間違いなかったことです。

もうやっていけない、こんなはずじゃなかった、最悪やと思ったこともありました。やっぱり失敗だったのかなと感じたこともありました。

でも母の言葉と子供の存在がわたしを引き留めました。救われたんです。

大切な人たちを見送ったことで、五体満足で生まれ、何不自由なく成長させてもらい、自分が親となり、子供が三人とも健全であることに、そしてわたしを支え、見守ってくれたことに感謝する気持ちが、さらに強くなりました。

自分の気持ちだけで突っ走るばかりでなく、一旦止まって周りを見て、ちゃんと善し悪しの判断をすることが大切です。生きていく上で、いくつになっても勉強すること多し、です。

わたしの「令和川柳」

ちょっと息抜きしましょう。今の気持ちを川柳にしてみました。

コロナ禍で　元気発進　年賀状

黒マスク　恐さを感じた　今もう慣れた

生きること　命はひとつ　消さないで

おはようさん　マスクの下は　どんな顔

密はだめ　内緒話は　心の中に

気づいてよ　ペットも家族　寄り添って

日常の　ありがたみ知る　コロナ模様

華やかな　時のイベント　地にもぐる

神だのみ　特効薬　待ち遠しい

旅したい　大空に向かって　叫んでる

マスク顔　鏡の前で　チェックする
戦うんだ　自由と命　守るんだ
待ちなさい　やるべきことを　悔いのなく
あきらめは　自分をなくす　しっかりと
皆の思い　コロナ旋風　吹っとばせ
コロナ禍で　先が見えない　不安定

マスク顔　声かけられない　しょんぼり

三密で　発散できず　もどかしさ

歩いてて　話したいのに　顔そらす

守ること　がまんすること　あなたしだい

日記書く　頭つかって　思い出す

今は亡き　写真の顔　まだ癒えぬ

笑いたい　思いっきり　元の自分

ごみの山　からす軍団　あさってる

歩いてて　鼻歌まじり　笑顔出る

アリ見ると　かゆくなるのは　わたしだけ

墓参り　古き思いが　こみあげる

戦いすぎた　息ぬきあれば　幸あった

輝いてた　先を急いだの　止めたかった

ペットも　人間と同じ　命だよ

生きてくれ　あなたの命　消さないで

完璧は　心ちぢめる　今のままで

話してみて　胸に秘めないで　救いたい

今のあなた　ひきずってるよ　出直そう

思いっきり　やりたいことやって　ふりだしよ

辛くても　生き続ければ　感動あり

光ある　役者人生　見たかった

聞くたびに　涙が止まらない　あなたの歌

遺作ドラマ　茶目っ気あふれ　輝いている

アメリカの　大統領選　目が離せん

悲しいよ　あなたの笑顔　忘れない
早すぎよ　ずっと見たかった　戻ってきて
全力で　走り続けたね　目を閉じた
キレのよさ　歌とダンスに　すいこまれた
皆の思い　生きてほしかった　残念だ
やさしさが　がんばりすぎたね　安らかに

聞いてるよ　あなたが残した歌　毎日よ
まぶしいよ　最後のドラマ　心残り
がむしゃらに　生き通して　ほしかった
ためすぎたね　かかえすぎたもの　爆発した
あの笑顔で　元気になれる　さびしいね
立ち止まれ　振り向かないで　生きるんだ

生きること　自分を見つめて　はやまるな

好きだった　あなたの生き方　自然だった

疲れてる　元気ないけど　ひと休み

すすきの穂　稲の穂のように　おじぎする

暑いけど　歩く楽しさ　見つけたよ

目標は　かなうと信じ　あきらめるな

楽しては　運が遠のく　精進だ

川の鯉　人の気配で　口あける

まずくても　手作り感は　ほっとする

ごちそうも　食べ終えた時　ごみの山

見られてる　手鏡みたら　すっぴんだ

台風よ　あばれまくるの　もうたくさん

瓜だって　すいかと同じ　甘さある

みかんの木　いいもの食べた　豊作だ

大丈夫　その言葉には　ひっかかる

高すぎる　今年のサンマ　手が出ない

母さんは　いくつになっても　子を愛す

子離れは　互いに自覚　親離れも

母となれば　親の自覚を　忘れずに
お母さん　もっと笑ってよ　楽になる
あたたかい　パパの背中　ねむくなる
でなくなった　おっぱいをかむ　悲鳴あげる
小さな手と　大きな手が　合掌
子どもたち　いくつになっても　ハグしたい
母さんの　レパートリーは　ワンパターン

一人より　二人の方が　あきないね

健康が　あなたにとっては　宝なの

子を育て　親への思い　ありがたみ

息子言う　母さんの腹　何の肉

年とったな　母のつぶやき　気にするな

うつりゆく　子供の姿　まばゆいね

親になって　気苦労は　あたりまえ

子の巣立ち　待ちわびるころ　いつの日か

どう思う　母の生きざま　子供たち

かわいいね　双子のパンダ　いやされる

負けるな　笑う生活　福来たる

見つけたよ　古き写真を　目にしみる

いつになる　笑って話せる　はやく来い

墓参り　家族とあえる　いっときかな

危機に立ち向かうわたしたち

令和二年もあと十日あまりで終わろうとしています（執筆時）。

例年の如く元旦を迎え、今年も善いことがあるよう願っていました。世界中の人たちも期待を胸にふくらませて願っていたと思います。

昭和、平成を終え、令和に少しずつ溶けこんできたときでもありました。時代が変わっても、元旦で始まり大みそかで終わる一年のサイクルは変わりません。

しかし令和二年は、学業する学生、仕事を持つ社会人、店を経営する事業家、娯楽を提供するリゾート地で働く人々、テレビや映画や舞台に出るタレントや俳優、家庭を守る主婦たちも、国民のすべての人たちが、突如、当たり前の行動が制限される年になってしまいました。

これまで生きてきて味わったことのない、一人一人が考えて我慢する年でした。令和二年が終わろうとしていても終息がつかず、世界中が最悪な状態になっています。日本を、世界を脅かせてきたＳＡＲＳ《サーズ》、ＭＥＲＳ《マーズ》がこれまで流行してきましたが、新型コロナウイルスはこれをも凌ぐ、強くて根の深いものでした。

換気の悪い「密閉」、多数が集まる「密集」、間近で会話をする「密接」を避ける、いわゆる「3密」という言葉は、令和二年の流行語大賞となりました。また「今年の漢字」でも「密」が選ばれました。

これまで当たり前のようにできていた、自分のやりたいことができなくなり、趣味で発散することもできなくなりました。誰もが将来の自分を思い進んできたのに、それらも閉ざされてしまいました。やりたいことができないもどかしさ。しかし、コロナの危険性はそれだけ強いものでした。


四年に一度のオリンピック、二〇二〇年の東京五輪が決定して、日本中の人々や選手たちが待ち望んでいました。

しかし神様のいたずらか、新型コロナの感染者が、まるでドミノ倒しのように増え、人々の安全を考え、残念でしたが延期となりました。

そして二〇二一年を迎え、コロナが治まるどころか、変異株の出現で沈下することなく、驚異の感染力でますます膨れ上がりました。世界中の人々のことを考えると、オリンピックどころじゃない、中止、再延期の声が聞こえてきました。

人の命を考えると、開催は無鉄砲だと感じる人も多かったと思います。もちろん、やってほしいと思う人も多くいたと思います。

そして、コロナと背中合わせという悪条件の中、最善とは誰もが思わない中で、結局オリンピックは開催されることになったのですが、その直前になって、関係者の以前の言動に人を傷つける行為があったとして、その職を解かれるということが相次ぎました。あと数日で開催というのに、びっくりしました。

しかし、世界中の人々、そして選手、スタッフの熱い思いが一つになって、なんとか聖火が灯され、オリンピックが開催されました。

無観客開催となった東京オリンピックですが、それでも会場近くには人々が集まっていたようです。コロナに慣れてしまったのか、あるいはウイルスの感染力の脅威をしっかり受け止めていない人が多くて、残念な思いもしました。

それでも、こういう事態の中で、日本選手はみんな頑張ってくれました。いろいろな種目でメダルを獲得し、選手の笑顔を見て元気をいただきました。選手が様々な思いで流した涙も印象的でした。

選手はみんな、命を縮めてしまうくらいの練習を繰り返していたのだと思います。日の丸のためだけじゃなく、自分のため。そして諦めないという気持ちが感動を生みました。

普段から、つい「まあ、いいや」「きっと時が解決してくれるだろう」と思ってしまうわたしをピシッとさせてくれました。そして誰かがいるから自分がいるという思い、感謝の気持ちを忘れずに生きることを、改めて教えられたような気がします。

話は戻りますが、二〇二一年、新しい年を迎えて、今年こそ充実して、学業に仕事に専念する意気込みは誰もが持っていたでしょう。

しかし、世界中に拡がった感染者は、減ったと思えばまた増え、形を変えてまた人類に牙を向けてきます。

国民のほとんどは極力外出をせず、3密を避ける人が多かったのですが、どうしても若者は歯止めが利きませんでした。悪いと分かっていても自分をコントロールできなくて、自分勝手な行動をしてしまう。また、自分ひとりくらいなら関係ないだろうと、好き放題してしまう。また、友人や同僚の誘いを断れず同調してしまう。若者は感染しても軽症、または無症状のケースが多いので、なおさらでした。

働き盛りの中高年の人たちにも同じような傾向がありました。結局自分一人ぐらい大丈夫だろうという軽い思いが、至るところで起きていました。その甘い自覚が誤った選択になるとは思い描けなかったのでしょうね。自分が感染しただけならまだしも、それを友人、家族と接触することで人に感染させてしまうのです。動けば動くほど悪い条件が重なります。持病のある人や基礎疾患を持つ人は、感染して重症になるリスクもあり、最悪命を落とすケースもあるということが、実感として湧いていないのだと思わざるを得ません。

芸能界では、昭和、平成、令和と活躍し、誰からも愛された志村けんさん、女優の岡江久美子さんがコロナで亡くなりました。二人とも健康第一に生活されていたと思います。しかし魔の手が入りこんでしまい感染されても、絶対コロナに打ち勝つ思いで、元気になってテレビ番組に出るという望みを失わず、苦しくも前向きだったと思います。

わたしも、絶対危機を乗り越えてくれると信じていました。しかし帰らぬ人になってしまいました。とても残念でした。

コロナは、いろいろなものを一度に変えていってしまいました。前代未聞、空も陸も線路も地上も、今まで見たことのない静寂な風景を目にしました。誰もが予想すらできない別世界を目に焼き付けました。

わたしたちの日常も一変しました。風邪やアレルギーの時に使うマスクが必需品となりました。誰もがマスクを追い求め、トイレットペーパーがなくなるというデマも流れ、店頭から消えた時期もありました。わたし自身、このような時が来るとは思わなかったし、誰もがそうだったと思います。

こうした漠然とした不安というものは、考えれば考えるほど全てがマイナス思考になりがちです。先を見つめる余裕もなくなります。しかし全ての人がそういうわけではありません。マスクがなかなか手に入らない、それじゃ作ればいいのだと、布地で作る手作りマスクが普及してきました。テレビや新聞や雑誌でも作り方が掲載され、企業や個人にも普及しました。

また、他部門のメーカーも新たにマスクの生産に参入し、明るい光が見えました。でも店への流通はなかなか上手くいかなかったようですね。

今までごく当たり前に店に並んでいたものが、本当に必要とする時に手にできないという、残念というより不安でいっぱいになったのはこのかた初めてでした。アレルギー持ちの人や風邪のとき、また、学校や仕事場で年中マスクを必要とする人たちにとってはなおさらだったと思います。

マスクが必要不可欠になる時代が来るとは、コロナ禍の前には想像もできませんでした。現在日本はもちろん、世界中にマスクが行き渡り、一安心というところです。

しかし、テレビのニュースで各国の様子を見ると、ごく一部ですがマスクは必要ではないと否定する国の人たちもいました。これだけ感染者が増加する一方なのに、自分を守る、他人を守る、家族を守る、生きるための最善の予防策なのに、ちょっと考えてほしいなと思いました。

アメリカ大統領選について思う

二〇二〇年十一月三日、米国では四年に一回の大統領選挙がありました。実質、民主党と共和党の一騎打ちでした。当人はもちろん、互いの支援者の意気込みもかつてなく激しく、今にも暴動が起こりそうな報道が日々流れていました。

米国は銃所持が認められています。日本は言うまでもなく違法です。米国は銃社会と言ってもよいでしょう。大半の人が所持しています。だから犯罪も日常茶飯事です。恐さを感じます。所持している人は、自分を守るためだと話します。銃を使った犯罪は、相手を殺してでも自分の欲望を叶える、また、何の罪もない人を巻きこみ、命を奪うといった犯罪もよく耳にします。

また、家にあったピストルを子供が誤って発射して事故を起こしてしまうなどというケースも聞きました。本当に怖いことだと思います。

日本ではもちろん、登録のない銃所持は違法ですが、暴力団という組織が武器として所持していると聞きます。暴力団同士の争いで銃の撃ち合いになり、一般の市民まで巻き添えになったというニュースもありました。本当に恐怖を感じます。

職業として銃を所持しているのは警察官です。

警察官、いわゆるおまわりさんは、わたしたち市民を守ってくれる人、正義の人と、幼い時から教えられてきました。困った時、落としものを拾った時など、とにかく信頼する人です。

でもときどきですが、警察官による事件など、その通りばかりではないニュースを聞くこともあります。人間誰も欲はあります。魔がさすというか、少しの気のゆるみで、道を踏み外して犯罪にかかわってしまうこともあるのかもしれません。決してあってはならないことですが、他人に迷惑をかけて一生を台無しにしてしまうこともあるのです。

人間って強そうに見えて、弱いものなのでしょうか。挫折を感じたり失敗を重ねたり、不幸が続き、寂しさを感じて前に進めない、ふと今の生き方に不安を感じたりすることもあるのでしょう。これは日本人だけでなく、世界中の人にもあると思います。


ああ、何か話がずれてしまいました。

二〇二〇年の米国大統領選は、かつてないほどの接戦でした。再選を望むドナルド・トランプと、それを阻止するジョー・バイデンとの戦いでした。

その四年前の大統領選も、互いに自身の主張を譲らず、互いを罵り合うような討論会、演説は、迫力があるというか、あまり見ていて気分のいいものではありませんでしたが、今回も四年前と劣らず、いやその上を行っていた気がします。

それでもバイデンは冷静沈着な言葉と態度だったと思いますが、トランプは攻撃的で、相手を罵り、上からつぶすような言動が目につきました。日本では考えられないことでした。自分の主張は常に正当であり、自分のこれまでの実績は最良であり、これ以上に勝るものなし。自信満々。良く言えば人を飽きさせないパフォーマンスと、はっきりと物申すところは、最強のリーダーであったかもしれません。

かたやバイデンは、温厚そうで、表情を変えずに意見を主張するタイプでした。今までの政治組織の中でサブとして働いてきていて、高齢ですがその分年輪のような厚みがあり、説得力がありました。

最初は、トランプが再選される気配が感じられました。アメリカ至上主義の根強い支持者が多いように思えました。

しかし集計が始まり、区域によってバイデンが勝利する状況も目立ってきました。するとトランプ陣営は、これは票がごまかされている、無効だと主張しはじめました。そして例年よりはるかに長い時間を費やして、結果が出ました。

しかし負けたトランプは敗北を認めず、もう一度やりなおせ、これは真実でないと主張しました。そして大統領任期が終了しても負けを示さず、結局、新しい大統領の就任式にも出席しないという、前代未聞の展開でした。

その後、トランプ「信仰者」らによる激しい暴動もありました。恐ろしいと思いました。銃社会の国だから、思わぬ大事件に発展してしまうこともあるのです。


米国の盛大な大統領就任パレードは華やかで魅了されます。しかし今回はそれができなかったようで、とても残念でした。新しい大統領にとって、就任パレードは夢に見た門出だったでしょう。皆に祝福されて米国のリーダーとして宣誓する瞬間であり、勝利の思いと認められた感動に直面する、その表情を見たかったです。

最後の最後まで敗北を認めない往生際の悪さは、人によって評価は分かれるところだと思います。ちょっとみっともないなとも思います。しかしわずかな望みを諦めず、それらを次に躍動するバネにしようとする姿はすごいとも感じました。

潔く敗北を認め、就任式の引き継ぎで新旧の顔合わせ、笑顔のツーショットを見たかったのですが、残念でした。

とにかく、共和から民主に代わり、新しい政治がスタートしました。日本も数年続いていた安倍政権を常に支え、影となってきた菅さんが引き継ぐ形で、新しい九十九代目の総理大臣になりました。

日本のリーダーと国民と

日本の新首相は、前首相の女房役として陰となって、いかなる時も首相を守ったお方でした。いわゆる二世、三世議員ではなく、自身の実力で現在の地位をつかんだ方です。その才能と行動力で、日本が戦争のない平和と、全ての人が安定した生活ができることを保証していただけたらと思っています。

さっそく新首相は、新体制となった米国とも交流を深めました。しかし、まだまだ貧困に悩む国や独裁体制の国があります。いつの日か世界が一つになって、心も体も気持ちも豊かになれたら、真の自由と平和に花開くのではないでしょうか。

地球上に住む誰もが笑顔で一杯になって、生活が豊かになればと思います。肌の色、言葉、生活習慣が違っても、それぞれの人格を尊重する社会に生きていくことが、真の平等でしょう。全ての国が武器を持たず、戦うことなく自由を得ることができる。一人一人の人権がおびやかされず、生活の保障が最善な国。皆が思うことです。

中国・武漢が発生源といわれる新型コロナウイルスの恐怖にさらされてから、もう一年になりました。いまだ終息の糸口はつかめず、身を守るには、結局手洗い、消毒、換気などの予防しかない、ということを知りました。

仕事はテレワークを勧め、社内の人数も最小限にすることを求められました。今までにないほど自由が奪われました。街に人がいない風景は、日本も外国も寂しく悲しく、華やかさも、その国の誇れるものもなくなってしまいました。

このようなさびれた街の景色など、これまで考えたこともなく、予想もできないことでした。見てはいけないものを見たような、目を疑う光景に、言葉にできない虚しさとため息が出ました。

もうこれは人が住む場ではないような、別世界のような感じが、画面を通してでも伝わってきました。日本でも春の第一波、夏の第二波と感染者が右肩上がりに増加して、先の見えない不透明な状態が続いています。

わたしももう高齢者といわれる年齢になってしまったと強く身にしみて感じています。だから、特に感染予防はしっかりと行わなくてはなりません。基礎疾患や持病があると、感染したら重篤になるリスクが高いともいわれています。自分は大丈夫と根拠もなく思い込んでいるのが一番ダメなことなのでしょうね。

コロナ終息の日が一日でも早くやって来るように、日本の、いや世界のリーダーたちにお願いするしかありません。政権争いだとか、派閥争いだとか、そんなこと言っている場合ではないと思うのです。どうかよろしくお願いします。

それにしても、コロナはいつ完全に終息してくれるのでしょうか。治まるどころか、より感染力が増したウイルスに変化してしまい、もうこれは、自分の身は自分で守るしかない状態です。

コロナに打ち勝つためには、ウイルスを入り込ませないことが一番です。

わたしは娘と二人で生活しています。

家ではマスクをしていませんが、宅配便や郵便屋さん等にはマスクをして応対しています。

外出するときは、もちろんマスクをしています。ひとりで車を運転しているときはマスクをしませんが、助手席に座るときには必ずします。

不必要な外出は控えています。娘が休みの日に、一緒に喫茶店のモーニングに行ったり、買い物に行ったりしますが、人が多くなる時間帯を避けるため、開店時間に入り、だらだらと時間を費やさず、必要なものだけを買って、昼前には店を出ます。

必ず入店前と後には手の消毒を怠りません。自動体温計が設置してある店では、率先して測定します。家でも一日三回体温を測っています。

美容院では消毒や検温はもちろん、衣類の消毒までしてくれます。髪の手入れをしてもらうとき、これまでだったら雑誌を読んでいたのに、最近は消毒した iPad を渡されます。この中に雑誌が全部入っているので選んで読んでください、とのことでした。とても徹底していてありがたいです。

近辺の喫茶店や飲食店は、飲食時以外はマスクの着用をお願いします、と貼り紙がしてあります。ちょっと面倒くさいな、と思いますが、店から感染者を出さないため、大事なお客様の安全のためであると感じました。

コロナで一時期客が減ったところも多かったようです。しかし、こういう感染対策のおかげか、徐々に客足も戻りつつあるようです。

まだまだコロナは脅威ですが、ようやく「ワクチン」という明るい光が見えました。

コロナ以前も、冬場にはインフルエンザのワクチン接種を呼び掛けていました。恥ずかしいことに、わたしは今までインフルエンザワクチンを接種したことがありませんでした。しかし、さすがに今回のコロナワクチンは打たなくてはいけません。

まず、感染すると重症化しやすい六十五歳以上の「高齢者」から接種が始まりました。よく考えると、わたしも今年で六十五歳。そうなんだ、打てるんだ……。え、ちょっと待って。わたし、高齢者に突入してしまったんだ……と、少々複雑な気持ちも交じりました。

副反応があるとも聞きましたから、ちょっと迷ったのですが、接種券が届いたら、自然と予約の電話をしていました。

三日ほど電話はつながりませんでしたが、娘の手を借りて、なんとかスマホで予約を取ることができました。人との接触を避けるために、わたしは大規模接種会場ではなく、個人病院で打つことにしました。

現在の住まいに移って四年ほどになりますが、ここに来てからほとんど病院に行っておらず、久しぶりの病院で緊張しましたが、痛みもなく、あっという間でした。

接種後、待合室で十五分ほど待機しましたが、特に体調の変化はなかったのでそのまま帰りました。

しかし、三週間後の二回目は大変でした。接種の翌日から接種した部位の痛み、三十七・五度の熱、腰、肩の筋肉痛が数日続きました。薬を飲むほどではなく、熱を冷ますシートで対処しました。


これで絶対感染しない、とは言えませんが、重症化しない、人にうつさないという「バリア」が張られたことで、ほっとしているところです。

でも油断は禁物です。今後ワクチンが効かないウイルスが出てくるかもしれません。これからも、絶対にウイルスを寄せ付けないためにも、マスク、手洗い、消毒はこまめにしていこうと思っています。

命

人が生きることは当たり前のことです。しかし、こんなにも尊い命が、無残に、残酷に、簡単に取られてしまう場合もあります。

普通に歩いていて、たまたまその場所を通って事故に巻きこまれることもあります。残された家族も、さぞかし不本意な思いを抱きながら生きていくことになるのです。そのような悲惨なニュースはかわいそうでとても見ていられません。当時者の家族の悔しさを感じ、わたしも涙が出てしまいます。わたしだけでなく、温かい気持ちを持ち合わせていれば、皆さん当然涙も出て悲しい気持ちになるでしょう。

でも、世の中は皆やさしい人ばかりではありません。人間関係はなかなか大変です。損得関係なく、話をして心が合えば仲良くなり、お互いのことを話して信用できる間柄になるのかもしれませんが、学校では先生と生徒、職場では上司と部下、同僚同士のように、自分が選んだわけでもない相手とも上手くコミュニケーションを図る必要がある場合もあるでしょう。

こういうケースで、皆が笑顔で楽しく生活している場所は少ないと思います。何かしら相手に不満を持ちながら、仕方がない、勝ち目がない、いじめが恐い、それぞれが気持ちをコントロールしながらお付き合いをしています。

そうしたストレスには、趣味やスポーツなどの楽しみを見つけて、嫌なことを忘れるという対抗策もあるかと思います。少しずつ心が強くなり、少しぐらいのことがあってもすぐに立ち直ることができると思います。

わたしは子どもと接する職場で働いていましたが、そこで苦い思いをしました。同僚と顔を合わせてもあいさつのみで、その他の会話が全然ありませんでした。

職場にはわたしを含めて三人の人がいて、ローテーションを組んで一日二人ずつが勤務していました。その人はもうひとりの人とは会話は多かったようなのですが、わたしとは全然会話がありませんでした。とても息苦しい思いをしました。わたしが話したくても、いつもむっとしていて恐い表情をしていました。いたたまれなくなったわたしは、昼食後に外に出て歩き回って気分転換したり、児童センターに遊びに来る親子たちの様子を見ては、話しかけてみたりして楽しんでいました。それで気持ちを穏やかにして仕事に励んでいました。

また幼稚園では園児たちの名前を覚え、親御さんとも会話もして、わたしが園児たちを預かる時間は楽しく、飽きさせないように遊びを工夫してきました。反応もよく喜んで帰ってくれました。

しかし先生たちとわたしの折り合いが良くありませんでした。やはりあいさつをしてもうなずかれるだけで、それ以上会話が進むことがありませんでした。仕事中でも、以前は先生が子どもの親に用があるとき、まず、わたしにことづけされてきました。それもわたしの仕事だと思っていました。それなのに新しい幼稚園では、遊んでいる園児の傍に来て、「お母さんが迎えにきたら呼んでね、お話ししたいから」と言い、わたしには何も言わないのです。他の先生もそうでした。わたしがいるのに、なぜわたしはいない存在のように扱われるのだろうと、みじめな感じになりました。

そういうことが続くことで、我慢も限界でした。自分の心に収めておけず、園長先生に話しました。すると「皆まだ若いので気づけない、わたしから言っておきますね」ということで、これで一安心しましたが、それでも残念なことに、変わることはありませんでした。

わたしは思いました。やはり園の人たちは、園児に一日中接していないわたしより、一日中担当されている先生の方を優先している。結果、わたしは認められていない。いてもいなくてもいい人なんだ。はっきり言って無視されている……。そう思うだけでとても悲しかったです。

でも園児たちはわたしの顔を見てハイタッチしてくるくらいなついています。毎日、「今日は何を作るの？」などと笑顔で言ってくれました。これは救いでした。大丈夫だ、子どもはいつもわたしを待っていてくれると言い聞かせていました。

しかし、「え、これどう考えてもおかしいんじゃない？」という思いが重なると、やっぱりあかん、続けれんと思いました。そして職場を去る決心をしました。

本当はまだ辞めたくない思いもありました。しかし「こんなことで辞めるもんか」という意志がもう出てきませんでした。だんだんと「自分も悪いんだ、我慢すればいいのに」という思いから、「わたしだけじゃない、誰もが何かしら苦痛を抱いている」、そして「もうこんなことで悩むなんてあほらしいこと」に変わっていく強気な心があればよかったのですが、我ながら弱すぎたと思います。終止符を打ってしまいました。わたしは必要とされていないんだと思い、自分がみじめになりました。やりがいのある仕事だっただけに、残念でした。

しかし、それから気持ちに余裕ができて、あの頃のことを思い出すと、やはり辞めなきゃよかった、辛抱すればよかったと後悔しました。冷静になると、自分の気の弱さと、物事の一部分だけしか見ていなかったということが分かります。あの頃はどっしりかまえて受け止めることができず、腰が浮いていたと思います。自分の中の弱さです。「このぐらい何だ」という、立ち向かう強さがあればよかったと、後悔の思いです。

今は、結果はどうあれ自分の足りない面を知ることができ、このことを踏み台にして、それ相応に対応できるようにしたいと思っています。

少々遠まわりしてしまいました。

人は誰にも等しく生きる権利があります。生涯何の壁もなくスムーズに人生を送る人もあれば、その反対に、思いが叶わず壁にぶつかってばかりという人もいるでしょう。一度大きな挫折があって、その後大きな成功を収めるという人もあれば、繰り返しダメージを受けてしまう人もいるのかもしれません。

人は皆んな同じではなく、顔も性格も考え方も違います。学校や職場という、いろいろな考え方を持つ人たちの集まりの中で、合わない人もいれば、嫌な思いをさせる相手もいるかもしれません。それを深刻に受け止めすぎて心の病を持ってしまっても仕方がありません。上手に気持ちを切り替えて、前に進むしかありません。

しかし大半は悩んでしまう人が多いのではないでしょうか。わたしもその一人です。

なんで自分だけがこうなるの？　今まで一生懸命勉強なり仕事なり家族のためにしてきたのに、どうして報われない思いを抱えなくちゃならないの？　突然の災害や事故や病で愛する人の命が奪われ、悲しみと共に後悔がつきまとい、そこからなかなか抜け出せない……。

でもここで弱気になって止まってはいけません。時は常に止まることなく動き進んでいます。一日二十四時間、一分六十秒です。寝ていても歩いていても仕事していても食事をしていても、ぼーっとしていても、病や事故で入院していても、時はカチカチと動き進んでいます。止まってなどいられません。進むしかないのです。この先誰にも、自分自身にも、我が身に起こることは予想できません。

人々は必死に生きています。これは当然なことなのです。しかし皮肉にも寿命というものがあります。死という宿命があります。悔いのない死というものがあるのかどうか分かりませんが、もしそういう思いで死を迎えられるのは幸福のようにも思えます。
間違いがないのは、「悔いが残るようならば、前を向け」、これに尽きると思います。

命の尊さ

ここのところ、病気、その他で亡くなった俳優、女優さんが多かったですね。

画面を通して、その人しかできない演技を楽しませてもらっただけに、とても残念です。まだまだそのお姿を見たかったです。もう次の世代には出てこないすぐれた才能がある人ばかりでした。そしていまだその人たちを思う日々です。

大好きな俳優さんたちが亡くなったというニュースを見るたび、「何で？　うそやろ」と信じられない気持ちでいっぱいでした。

テレビ画面で見ていた演技、人柄、笑顔が見られなくなってしまってとても残念です。ご病気ならまだしも、自分で自分の命を終わらせてしまった方については、いまだに何で、どうして死んじゃったの、という疑問が残ったままでいます。


俳優の三浦春馬さん。三十歳になったばかりでした。

幼い頃から子役デビュー。ドラマや映画、そして踊っても歌っても超一流。笑顔が光る、吸いよせられるような魅力がありました。

本当のことを言うと、長い芸能生活の彼について、わたしはそれほど興味がなく、名前は知っていたけれど熱狂的なファン、というほどではありませんでした。しかし彼の死の一報を知り、どういうわけか家族を失ったときのような感情になりました。

死後、その原因がいろいろ報道されましたが、真実を知りたい思いで、三浦さんのことが書いてある週刊誌を片っ端から購入しました。一字一字しっかり読み、そのページを保存しました。

彼は令和元年、シングル曲を発売し、翌年はセカンドシングルを作製していました。亡くなってから、遺作となった主演映画、出演映画三本が公開されました。

連続ドラマ制作主演中に、突発的に自ら命を絶ったのだそうです。

目の前に順風満帆なキャリアが広がっていて、若くして実力派だった彼は、役に成りきるストイックさがあり、自分を追いこむ真面目な人に見えました。だから仕事に関していつもやりきった感がなく、反省ばかりが残っていたのでしょうか。しんどいところもあったのかもしれません。コロナで人と接する機会もなく、内に秘めたのでしょうか。

今は毎日小田和正さんの曲と並んで、春馬君のＣＤを聴いています。泣けちゃいます。

あんなにキレのいい声とダンスなのに、戻ってきてと、つい手を伸ばしてしまいます。

その後、もう信じられないくらい、テレビや映画で活躍中の方々の訃報が飛び込んできました。ドラマ「相棒」に出演中の芦名星さん、昭和の人気ロカビリー歌手から役者としても活躍した藤木孝さん、それから朝ドラ女優から次々にテレビ、映画に主演して人気だった竹内結子さん。お酒やインスタントラーメンなどのCMで見せる、温かくて、それでいてしっかりとした表情がとても素敵な女優さんでした。彼女を見ていると、なぜか気持ちが安らいでいられました。今でも、とても信じられない気持ちです。

傍から見たら、恵まれた、とても幸せそうに見える方たちばかりなのに、人には言えない悩みを抱えていたのでしょうか。いくらコロナ禍で人との往来が閉ざされていても、電話があり、メールがあります。悩みを相談することもできたと思います。でも、「スター」というプライドが許さなかったのでしょうか。

死んだらそこで終わりです。今まで積み重ねてきたキャリアや財産も、死んだら持っていくことはできません。

これまでいろいろな思いを抱え、乗り越えてきた人たちだと思います。わたしよりはるかに強くたくましく生きて、俳優という職業を愛して、これが自分の生きる道だと踏ん張ってこられたと思います。悲しいを通り越えて、残念で残酷な思いです。

死んでしまったら何にもなりません。運命と言っては寂し過ぎます。生きてほしかったと、みんな思っています。

生きていきましょう。自分のために。そして、あなたを愛しているたくさんの人のために。死んで報われるものはありません。生きていればいいことは絶対あると信じて……。

わたしの願い　～「おわりに」にかえて～

わたしの住む地方は、今年は梅雨の時期が早く訪れ、そして長く続きました。その間に真夏を感じさせる日々もありました。梅雨が明けても蒸し暑い日が続きました。

コロナ禍ですからマスクを外すことはできません。この暑さですから、気をつけないと熱中症になってしまいます。

この時期のわたしは、日の出と共に家を出てウォーキングをしています。

歩いていると、いろいろな人に出会います。ペット連れ、ご夫婦、マスクをして楽しそうに雑談をしながら歩いている外国人……。

以前はそういう人たちと、初対面でも積極的にコミュニケーションを取るのが好きでしたが、いまは立ち止まって話すことはほとんどなく、すれ違うたびに挨拶をするぐらいになりました。

それでも、一度でも話をしたことがある方なら、すれ違ったら必ず話しかけるようにしています。あくまでも自然に。いまは暑い時期なので、ペット連れの方も少なくて、ちょっと淋しいです。

そういえば、こんな場面に遭遇しました。

わたしが心地よく歩いていると、ある女性が家から出てきました。「おはようございます」と言ったら返してくれました。これから仕事なのでしょうか、小走りでした。

わたしが再び歩こうとすると、小さな男の子が玄関から出てきて、小走りの（たぶん）お母さんをじっと見送っていました。

男の子は何も言わず、お母さんの後ろ姿が見えなくなるまで見送っていました。ほのぼのとした、温かいものを体中に感じました。

あの男の子が、大人になっても優しい気持ちを持ち続けて欲しいなあと思い、何か足が軽くなったような気がして歩き出しました。

数日経って、同じ時間にその場を歩いていると、今度はお父さんらしき男性が、男の子を抱っこしてお母さんを見送っていました。

わたしはこれからも頑張って、歩き続けていきたいです。

心と体の健康のために。

最後に、昨今のニュースを見て思ったことを中心に、川柳にしてみました。

一日も早く、また笑い合って、心置きなく楽しめる日常が戻って来てくれることを祈っています。

電話では　相手との距離　遠すぎる
思うこと　飛行機からの　景色みたい
もう十分　コロナせんぷう　退散よ

わたしの願い　～「おわりに」にかえて～

人々よ　心一つにして　今やること
ゆずりあい　互いの気持ち　思いやり
人の心　お金で買えない　はかれない
胸に手を　自分が一番　まちがいよ
なぜするの　あおり運転　得はなし
ひきしめて　車の運転　事故ゼロを

ありがたみ　コロナによって　身にしみる

今思う　楽しみごとは　想いをつづる

書店には　わたしの本が　じんとくる

夢のよう　本を並べると　財産だ

本を出して　自分の想いが　形になった

旅立った　家族を思う　守ってね

寂しいね　誰もいない家　顔見せて

遺品整理　思いよみがえる　さとされた

旅したい　景色夢見る　本音かな

川辺には　かもの行列　足とまる

まだ冬に　体にしみる　春一番

コロナ禍で　先が見えない　わたしだけ

あせらない　どんな時も　ゆとりもつ

気のゆるみ　あとで後悔　強くなれ

もう一度　今の自分を　見つめよう

まあいいか　一息つこう　リフレッシュ

梅の花　ほんのりピンク　春近し

ろばのパン　なつかしきあじ　今どこに

わたしの願い　～「おわりに」にかえて～

パチパチッと　米がふくらむ　こめおかし
起きた時　日の出を見て　背のびした
としとると　一年の早さ　秒速
コロナ漬け　身動きとれず　浮かんでる
望むこと　コロナ沈下を　合掌
生きること　いかなる時も　前向きで

待ってたよ　やっとワクチンが　日本に

ワクチンは　まだ先のこと　もどかしい

水たまり　すずめ水飲む　ほっとする

梅の花　春を先どり　みとれてる

わたしを見て　ほえることない　覚えてる

ペットだって　命あるもの　人形でない

歳とると　一週間が　あっというま
コロナ禍に　花粉がタッグ　やりきれん
あたたかい　桜の木にも　頭だす
マスク顔　解放してよ　手あわせる
好き嫌いは　ぜいたくすぎる　食べようね
気もちよい　笑顔一番　今日からね

たんぽぽよ　春を感じる　つくしもよ

春なのに　晴れの門出が　おあずけよ

親と子は　遠く離れても　波長合う

生きてる　けどものたりん　もどかしさ

命とは　生きてることが　すべてじゃん

もどかしさ　マスク解放　先みえぬ

草むしり　親子で実行　時がすすむ
ほーほけきょ　耳に伝わる　安堵感
いもづるね　接待問題　身がかるい
わからない　なぜこの場において　うそをつく
胸に手を　人をだまして　何残る
つくしたち　われもわれもと　せいくらべ

葉のない木　哀愁ただよう　わたしだけ
米中会談　見ていられない　いたちごっこ
ミャンマーが　とても心配　すくいの手を
これ以上　命をとるな　独裁者
嘘はだめ　全てを話す　人の道
笑顔の輪　手をつないだ輪　広げよう

雨続く　草の成長に　面くらう

四ツ葉かな　しあわせさがし　三ツ葉だった

青い空　桜ひきたつ　立ちすくむ

しあわせは　お金じゃないよ　目をさませ

健康は　自分の意識　つよめたい

ためないで　ストレスは敵　空を見よ

カード時代　お金が消えるか　せつないね
自動なの　手はどこにおく　おひざかな
春にみてた　桜の木が　ひっこしてた
やってみてよ　よくかんで食べる　おなかすっきり
世界中の　大人も子どもも　平等に
さあ五輪　手ばなしでは　たのしめん
迷うな　生きてることが　財産だ

体重計　自分の体　明確に
コロナ禍で　衝動買いが　おこらない
冷蔵庫　飲料水ばかり　暑さのせい
ストレートパーマ　髪の変身　若返る
笑うこと　心も体も　絶好調
老化防止　間違いさがし　目に力

雨続く　コインランドリー　頼りすぎ

願いごと　夢に出てくる　旅したい

花添えて　逢いにきました　墓まいり

千羽鶴　気持ちをこめて　つなげよう

しんどいの　あきらめないで　ＳＯＳ

オリンピック　感動さめず　晴舞台

コロナ禍が　一年たった　未解決

著者プロフィール

九条 真茶子（くじょう まちゃこ）

1956年生まれ。

岐阜県出身。

短大卒業後、幼稚園教諭。

現在、愛知県在住。

著書『寂寞の風を受け止めて』（2017年、文芸社）、『うまれてよかった』（2019年、文芸社）、『愛しき人へ』（2019年、文芸社）、『命の樹』（2020年、文芸社）

あなたと一緒に生きていたかった

2021年12月15日　初版第１刷発行

著　者　九条 真茶子
発行者　瓜谷 綱延
発行所　株式会社文芸社
〒160-0022　東京都新宿区新宿1－10－1
電話　03-5369-3060（代表）
03-5369-2299（販売）

印刷所　株式会社フクイン

ISBN978-4-286-23127-3